董金城 著

游踪漫吟

文化藝術出版社
Culture and Art Publishing House

图书在版编目（CIP）数据

游踪漫吟 / 董金城著. -- 北京： 文化艺术出版社，
2024.5
ISBN 978-7-5039-7589-9

Ⅰ.①游… Ⅱ.①董… Ⅲ.①诗词-作品集-中国-当代
Ⅳ.①I227

中国国家版本馆CIP数据核字（2024）第067209号

游踪漫吟

作　　者	董金城
责任编辑	柏　英
责任校对	董　斌
版式设计	夕　雯
封面设计	姚雪媛
出版发行	文化藝術出版社
地　　址	北京市东城区东四八条52号（100700）
网　　址	www.caaph.com
电子邮箱	s@caaph.com
电　　话	（010）84057666（总编室）　84057667（办公室） 　　　　　84057696—84057699（发行部）
传　　真	（010）84057660（总编室）　84057670（办公室） 　　　　　84057690（发行部）
经　　销	新华书店
印　　刷	国英印务有限公司
版　　次	2024年6月第1版
印　　次	2024年6月第1次印刷
开　　本	710毫米×1000毫米　1/16
印　　张	10.75
字　　数	170千字
书　　号	ISBN 978-7-5039-7589-9
定　　价	99.00元

版权所有，侵权必究。如有印装错误，随时调换。

董金城，笔名孔嗣，1942年8月生，祖籍山东省齐河县。1967年毕业于曲阜师范学院（现曲阜师范大学）外语系，在中学、高中中专、大学从事语文教学工作凡35年，于2002年9月退休。在职期间，除长期从事语文教学外，曾参与编写《职工业余中等学校高中语文自学指导》（山东省工商行政管理学校内部教材1985年印），参与主编《常用公文写作》（中国国际广播出版社2000年版），参与撰写《财经语文教程》（高等教育出版社1989年版）、《语法与修辞》（青岛海洋大学出版社1990年版）。

序

老同学孔嗣的自选诗集即将付梓，嘱我写个小序，我不假思索，不揣冒昧，欣然遵命。

孔嗣和我1960年同入高中，同班就读，时常在一起切磋学业，探究人生，结下了深厚的友谊。尔来60余年，无论外界如何风云变幻，我们之间的关系始终如一。岂止如一，而且历久弥笃。我了解他：上学时他成绩优异，文科尤强；大学毕业后教书育人几十年，读与写乃是他的日常，其文学素养自然非同一般。他现已年届耄耋，走过了地球上的四洋五洲，看过了人世间的悲欢离合，品尝过人生的酸甜苦辣，对宇宙万物都有了自己的视角和理解。当此之际，触景生情，有感而发，发而为诗词，应当是顺理成章的事。

读罢书稿，证实了我的想法。我发现，近些年他在诗词创作方面委实狠下过一番功夫。他写的大多是旧体诗词，须注意平仄、对仗、合辙押韵等技巧的运用，这些，他都很努力地去做了。至于典故掌故，书中俯拾皆是。"海角千山远，天涯万水长"（《处暑寄秋思》），"三味书屋嬉百草，咸亨酒店品香豆"（《伉俪绍兴游》），都写得韵律明快，读来琅琅上口。

孔子说"诗言志"。信然。我知道，孔嗣年轻时就胸怀大志，期盼为社会多做贡献。这，在其诗词中有着充分的展现。"少年无苦恼，赤子有雄心。"(《抒怀》)"今朝立就鸿鹄志，明日发挥济世才。"(《冀望》)他现在已经年迈，曾历沧桑，壮志消磨了吗？没有！"届八秩寿，壮心依旧。"(《满江红·八十抒怀》)"暮志仍怀国，黄花分外香。"(《重阳抒怀》)读着他这些明志之言，我都禁不住心潮起伏。

应当说，他的凌云壮志是同其爱国爱民的家国情怀联系在一起的。2019年新中国成立七十周年大庆，他满怀激情地放声高歌："金秋十月逢国庆，七秩华诞喜相迎。东海扬波黄河清，山川浩荡乾坤宁。巨龙腾飞保中华，金蛇起舞佑复兴。祝愿祖国愈昌盛，万里江山万里红。"

2022年，他滞留海外，但他"身处异国，心在家乡"(《白露感怀》)，时刻挂念着祖国的发展情况，"几度梦还乡"，渴望"桑梓传捷报"(《卜算子·春望》)。

孔嗣天生情感丰沛，善感多思。山川湖海，风花雪月，总能激起他的兴致和联想，从而形诸文字，撰成诗词，书中多有这样的篇什。

孔嗣还给我看过一些他写的游记、随笔之类的散文，都比较短小精悍，言之有物。但他律己颇严，不肯公之于众。我倒是希望看到他的下一部诗文集出版面世。

鲁仁于海南琼海

2024 年 2 月

目录

- 001　忆同门二首
- 003　自嘲
- 004　满园春
- 005　卜算子·谒师
- 006　天净沙·怀乡
- 007　怀思
- 008　陪孙留学
- 009　抒怀
  　　——聆听印度电影插曲《我渴望你的爱》有感
- 010　伉俪绍兴游
- 011　咏睡莲
- 012　枫叶思
- 013　为寿珍夫妇游香山题
- 014　打油诗一首
  　　——为大曾诗画仿作
- 015　报新春
- 016　贺嫦娥四号奔月成功

017	阳台
019	大寒抒怀
020	新春抒怀
022	人生感悟
024	和金石兄《听红楼梦插曲》
026	说婚姻
027	和金石兄
029	赞向阳摄影
030	如梦令·春闹
031	念奴娇·异域种菜
032	为同窗聚会缺席题（二首）
033	赞艾山牡丹
034	夸东阿（顺口溜）
036	贺二孙女入加州大学圣地亚哥分校
037	庆金婚
038	夏雨抒怀
039	游大明湖
040	消暑
041	庆生
042	隐居
043	初秋偶感二首
044	遥寄金石兄赴青途中
045	答同窗
046	贺金石兄凯旋
047	中秋怀思
048	秋思
049	庆华诞

050	重阳抒怀
051	为学森夫妇游中国院子、竹子庵而作
053	水调歌头·东阿颂
055	红叶谷
056	江城子·秋霜唱晚
057	赫夫纳湖
058	雪抒
059	雪悟
060	迎春
061	贺孙儿首被美高校录取
062	咏秋荷
063	上元游湖
064	冀望
065	感悟
066	庆趵突泉开园
067	答谢老同学
068	夕阳
069	赞南山牡丹
070	记广州暴雨成灾
071	小院释怀
072	赞兰花
073	处暑寄秋思
074	答学森弟（一）
076	答学森弟（二）
078	白露感怀
079	送孙儿上大学
080	致友人

081	清平乐·秋歌
082	重阳抒怀
	——答友人
083	祥瑞临
084	新疆赞
	——观《独库公路游》视频有感
086	雪颂
087	赞园林框景
088	西江月·元旦抒怀
089	无题
090	小寒偶感
091	迎春
092	立春望乡
093	春雪
094	贺济南大学樱花盛开
095	赞南山牡丹
096	临江仙·悼袁老
097	清平乐·芒种
098	端午思乡
099	夏至怀想
100	老同门天经谒磁山
101	满江红·八十抒怀
102	"双十"惊魂
104	望海潮·金门大桥
105	念奴娇·一号公路游
106	立冬雪
107	游胜境思

108	枫
109	冬韵
110	踏莎行·观红杉国家公园
111	冬夜
112	贺守道弟杖朝寿诞
113	不其赞
	——贺学森弟八秩寿辰
114	点绛唇·雪霁春迎
115	春望
116	蝶恋花·驻春
117	清明祭
118	育雏
119	贺金石兄寿
120	种园
121	为金南瓜题照
122	游飞地阿拉斯加
123	游阿拉斯加有感
124	伤秋
125	中秋
126	晴秋
127	翠柳
128	信步重阳
129	登秋
	——为仲子登北京寿安山观景题照
130	元夕迎春
131	卜算子·春望
132	还乡

133	行香子·春分
134	水调歌头（正体）·归乡寄语
135	收菘
136	岁雪
137	摊破浣溪沙·又见蓝烟水气凝
138	三亚行遐思
140	雨霖铃·游蜈支洲岛感怀
141	致学森弟
142	眼儿媚·冬素寒风又袭窗
143	大年夜
144	早春
145	元夕
146	望春玉兰
147	赞鹭岛市花
148	念奴娇·游日光岩
150	漓江游
151	阳朔如意峰景区行
155	后记

游踪漫吟

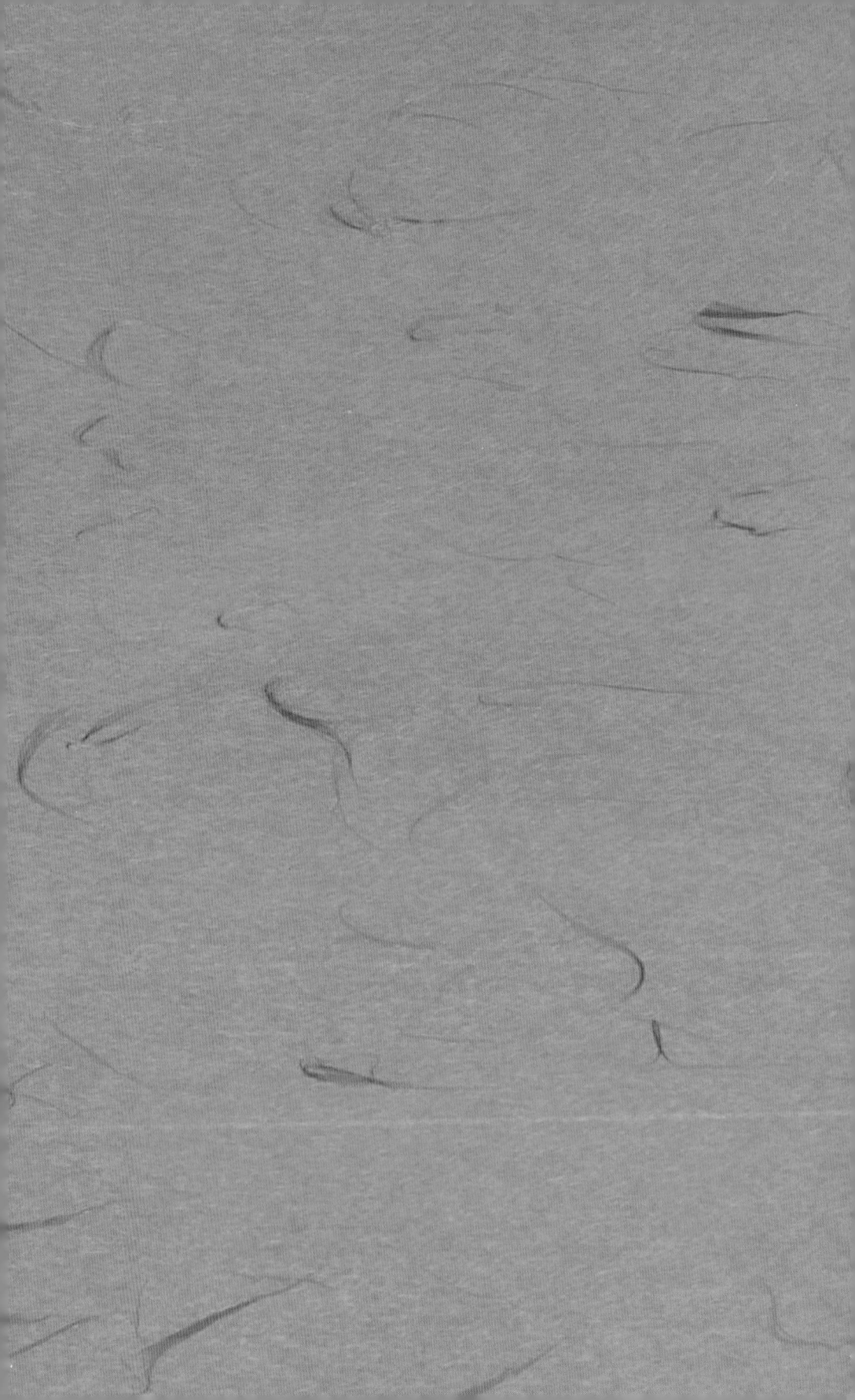

忆同门二首

其一

二八弱冠五红颜,
陬邑负笈度盛年。[1]
鸿爪雪泥仿若昨,
焚膏继晷恍如前。
求知岁月同甘苦,
不堪时期共窘艰。
生者拳拳逝者已,
身遥心迩更相牵。

---

[1] 陬邑:古地名,为孔子出生地,今山东曲阜。据《史记·孔子世家》载:"孔子生鲁昌平乡陬邑。"

其二

二十一位同门友，
笑貌音容每每见。
昔日业精亮府学，
今朝硕果映轩辕。
呕心沥血育桃李，
化雨春风度壮年。
待到耄耋重聚首，
天年颐养再登攀。

2018年3月18日

自 嘲

绿肥红瘦花如锦，
斗艳争奇满后坤。[1]
膝下有儿无丽姝，
今生不是育花人。

2018 年 3 月 21 日

---

[1] 后坤：意思是后土、大地。

满园春

梨云杏雨海棠红,
冬尽花开冰雪融。
艳丽葳蕤春色雅,
独留往事笑东风。

2018 年 3 月 30 日

卜算子·谒师

圣地暮春回,
八贤母校归。
纵使七老八十岁,
仍怀赤子心。

恩师容颜改,
精气神犹存。
桃李芬芳遍神州,
馨香满乾坤。

2018 年 4 月 25 日

天净沙·怀乡

天蓝云淡风轻,
暮云春树愁浓。
银燕搏击碧空。
朝鸣百鸟,
远行人念江东。

2018 年 4 月 26 日

怀思

韶华锦瑟思如昨，
跃马扬鞭任纵横。
奋读三年根底浅，[1]
蹉跎十载腹中空。
同窗契友齐切磋，
皓首苍颜共盛名。
未晚桑榆霞满天，
生者逝者共峥嵘。

2018 年 4 月 29 日

---

[1] 奋读三年：指大学因非常时期干扰只正常学习了三年。

陪孙留学

登学彼岸四春秋,[1]
兀兀爱孙继晷求。[2]
岁暮祖公择秀林,
年衰阿奶伴寒屋。
重洋远渡濡雨露,
大道朝天铺坦途。
翁妪庸庸等闲辈,
相辅后嗣展宏图。

2018 年 4 月 30 日

---

[1] 登学彼岸:指留学美国。
[2] 兀兀:勤勉貌,用心的、劳苦的样子。

抒怀
——聆听印度电影插曲《我渴望你的爱》有感

满目山河远，
落花更逝春。
弱水三千里，[1]
独提一舀噙。
少年无苦恼，
赤子有雄心。
长鸣夫客雁，[2]
泣鬼动天神。

2018 年 5 月 14 日

---

[1] 弱水三千：《山海经》记载的"昆仑之北有水，其力不能胜芥，故名弱水"，说的就是这个意思。后来的古文学中逐渐用弱水来泛指险而遥远的河流。苏轼的《金山妙高台》中有句："蓬莱不可到，弱水三万里。"再到后来《红楼梦》中将弱水引申为爱河情海，这便是我们口中的"弱水三千"的意思。

[2] 夫：助词，无实义。

伉俪绍兴游

情深伉俪绍兴游,
舣驾乌篷荡水悠。[1]
三味书屋嬉百草,
咸亨酒店品香豆。
青梅竹马易连理,
放翁唐琬难茶首。
双双遗下钗头凤,
此恨绵绵何日休?

2018 年 5 月 21 日

---

[1] 舣驾:乘船。

咏睡莲

园博湖内水浮莲,
叶似圆蟾花似仙。
安然静卧水中央,
纤尘不染向蓝天。

2018年6月23月

附：守道诗《和孔嗣〈咏睡莲〉》

红颜醉卧碧纱帐,
于无声处散幽香。
蜂蝶不忍来惊扰,
微波浮动好梦长。

枫叶思

海右山川铺锦绣，[1]
泉都再覆彩虹妆。[2]
鞭长驾远寄明月，
梦绕魂牵思故乡。
寄语孙儿学品冠，
欣期吾辈正心康。
采菊深院南山隐，
似火丹枫夕照长。

2018 年 10 月 20 日

---

[1] 海右：泛指黄河、东海的近海地区，以其在大海之右（西），故名。根据唐代诗人杜甫的诗句"海右此亭古，济南名士多"，海右特指山东济南。
[2] 泉都：济南以其众多的泉水闻名于世，被誉为"泉水之都"。

为寿珍夫妇游香山题

十万子规溢冷香,
暮秋红叶染山岗。
今弹文后白头吟,[1]
香炉峰上老鸳鸯。

2018年10月24日

---

[1] 文后白头吟:汉代才女卓文君,原名文后,有"愿得一心人,白头不相离"句。

打油诗一首
—— 为大曾诗画仿作

好诗好字好画,
大曾横溢才华。[1]
写尽人间疾苦,
心胸敞亮豁达。
人生极其短暂,
诸事纷扰如麻。
终将化作青烟,
极乐世界潇洒。

2018年12月1日

---

[1] 大曾:本名曾初良,号墨海痴人、也乐斋主。20世纪60年代出生,湖南湘乡人。幼习书法,后转作文人画,曾多次举办个人书画展,获奖甚丰,并在国内多家报刊开设个人专栏。为人淡泊,不慕虚名,天真率性,豁达大度,数十年笔耕不辍,自得其乐。其画寥寥数笔,妙趣横生,贴近生活,韵味无穷。

报新春

春雷滚滚瀛寰震,
万物复苏景色新。
东风化雨百花艳,
婆娑世界苦难深。
魑魅魍魉行踪灭,
志士仁人耿介存。
我辈高歌送暮阳,
留得正气满乾坤。

2019 年 1 月 2 日

贺嫦娥四号奔月成功

嫦娥四号飞升月，
游子异乡喜泪奔。
浩瀚长空千万里，
吴刚盖亚已接吻。[1]
航天巨器神州在，
济世之才重任存。
揽月九天终兑现，
还移荧惑觅知音。[2]

2019 年 1 月 3 日于美国俄克拉何马州诺曼

---

[1] 盖亚：古希腊神话中的大地女神，众神之母，所有神灵中德高望重的显赫之神，这位大母神是生出了所有光明宇宙的天神。这里用"盖亚"代指"嫦娥四号"月球探测器。

[2] 荧惑：火星的别名。

阳 台

　　守道弟把阳台装扮成花的世界,观后甚喜。遂和诗一首,以寄雅兴。

阳台方寸地,
花卉大舞台。
绿叶绕梁走,
红花遍地开。
秋翁随风去,
仙女飘然来。
晚景甜如蜜,
牵手到蓬莱。

2019 年 1 月 8 日

附：守道诗《阳台诗》

蜗居小阳台，
园丁巧安排。
绿叶肥肥垂，
红花瘦瘦开。
水肥当适量，
阳光恰自来。
有心做秋翁，
仙女却不来。

2019年1月7日

大寒抒怀

今日大寒,特拟小诗一首,以纪岁尾。

朔气逆极谓大寒,
飘飘瑞雪兆丰年。
蜡梅傲放绝尘世,
冰挂凝流壮景观。
雪霁初晴大地暖,
涅槃重生岁月寒。[1]
苍颜皓首精神爽,
抵御青冬不愧天。

2019 年 1 月 20 日

---

[1] 涅槃重生:指凤凰经历烈火的煎熬和痛苦的考验,获得重生,并在重生中达到升华。又称为"凤凰涅槃"。以此典故寓意不畏痛苦、义无反顾、不断追求、提升自我的执着精神。

新春抒怀

蜡梅怒放带春寒,
四季轮回又翌年。
鹄望乡关万里遥,[1]
大洋极目天涯远。
佳节难解思乡苦,
几度魂牵返故园。
梦醒南柯清泪流,
心驰神往度关山。

---

[1] 鹄望:直立而望,形容盼望、等待。

锦绣梁园难久留，[1]
金窝不羡草窝恋。
待到孙儿名就时，
桃花源里享清闲。

2019年2月5日（农历正月初一）

---

[1] 梁园：即梁苑。西汉梁孝王的东苑。"梁园虽好，不是久留之地"这个典故便出自这里，比喻虽然环境美好，但并不适合长久居住或停留。

人生感悟

一生一死一人生，
一聚一散一感情。
一起一落一生活，
一悲一喜一心境。

有苦有乐人充实，
有得有失才公平。
有成有败合常理，
有聚有散事理通。

时光越老心越淡，
在意越少快乐浓。
失望少点希望多，
要求少点知足兴。

人世岁月苦恼多，
一路跋涉艰难行。
伤心无泪开心醉，
潇潇洒洒度一生。

2019年2月19日

和金石兄《听红楼梦插曲》

一曲红楼天籁音，
回肠荡气欲销魂。
齐兄阅尽歌中意，
饱谙经史是知心。
风靡无比枉凝眉，
荡气回肠葬花吟。
一朝入梦终不醒，
宝黛仙缘无处寻。
太虚幻境遇仙姑，
大厦覆倾泣鬼神。

2019 年 2 月 22 日

附：金石兄诗《听红楼梦插曲》

红楼美声飘窗间，
词隽曲婉动心弦。
邻居聚神侧耳听，
笑里饱含声声赞。
缸内金鱼欢悦蹦，
阳台花草忽闪闪。
窗外月光痴迷恋，
我缘美曲醉成仙。
安然一觉梦醒来，
万事如花花正艳。

2019 年 2 月 21 日

说婚姻

夫妻既是同林鸟，
大难临时相扶将。
相敬如宾人称赞，
莫论是非与短长。
千里姻缘天作合，
长相厮守度沧桑。
少年夫妻老来伴，
共挽鹿车心欢畅。

2019 年 2 月 24 日

和金石兄

一支金曲普天闻，
流水高山友谊深。
盛意延年人富寿，
开花枯树再逢春。

2019 年 2 月 27 日

附：金石兄诗《写给金城弟》

天涯海角传金曲，
犹似春色醉心扉。
手挽雄笔情润墨，
感恩诗文纸上飞。

2019年2月26日

赞向阳摄影

纤纤倩影篱笆外，
喜看条条金腰带。[1]
起舞蜂蝶采蜜忙，
镜头抓住春寰界。

2019 年 3 月 11 日

---

[1] 金腰带：迎春花拱曲的枝条上缀满金黄色的花朵，宛如条条金色腰带，故名。

如梦令·春闹

梅月和风惠畅,
诺曼百花开放。[1]
　湖岸沐春光,
雪雁湖中浮荡。
　飞翔,飞翔,
搅乱池中鸳鸯。

2019 年 4 月 1 日

---

[1] 诺曼:美国俄克拉何马州第三大城市。

念奴娇 · 异域种菜

开荒后院,草坪半分产,改为蔬地。花样年年翻新意,种下满心欢喜。葱蒜黄瓜,辣椒山芋,鲜菜满畦绿。分发邻里,老外欣叹奇异。

山姆大叔惊疑:所为何益,有草坪铺地。摆放些鲜花满院,尽享人间乐趣。我笑回答,活动筋骨,保健修身体。国情别样,世俗存有差逆。

2019 年 4 月 6 日于诺曼

为同窗聚会缺席题（二首）

去年济宁聚会，因身处异邦，未及赴席。金石、守道联诗，把酒临风，甚喜。余心有惆怅，胡凑几句，助兴。

一

同窗聚会纯阳初，
荷花池畔忆学书。
神槐树下话诗卷，[1]
憾少一人在异都。

二

春夏之交楝花开，[2]
齐兄盛弟对歌来。
诗仙诗圣数风流，
品味先贤展素怀。

2019 年 4 月 20 日于诺曼

---

[1] 神槐树：指济宁古槐，又名"山阳古槐"，位于山东省济宁市任城区古槐路正中间，被称为"神槐"。古槐是济宁城的标志之一，凝聚着济宁城的历史沧桑。

[2] 楝花：楝树的花。楝树又名苦楝，落叶乔木，树干较高，叶子互生，羽状复叶，边缘有钝锯齿，圆锥花序，开淡紫色小花，果实褐色，椭圆形。楝花开时已是暮春。

赞艾山牡丹

国色牡丹无比艳，

千姿百态冠人间。

人神相恋曹植赋，[1]

玉笑竹香数艾山。[2]

2019 年 4 月 24 日

---

[1] 曹植赋：指曹植的《洛神赋》。曹植的《洛神赋》写的是作者在幻境中与洛水女神的邂逅，最终二人不得已分手的人神恋的故事。它是中国文学史上的一篇名赋，它的影响遍及文学、书法和绘画等多个创作领域。

[2] 玉笑竹香：形容女子的美貌和气质，这里形容牡丹，大概意思就是牡丹非常香、非常美丽。艾山：指山东省聊城市东阿县艾山风景区，位于黄河岸边、山脚下，占地1000 余亩，是东阿黄河国家森林公园的一个主要景点。

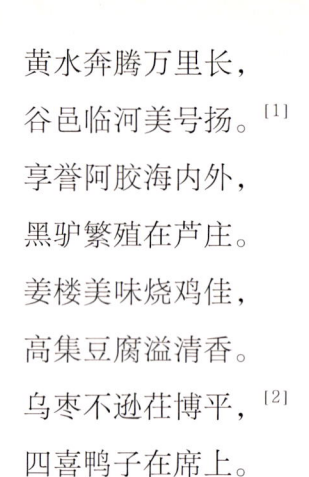

夸东阿（顺口溜）

黄水奔腾万里长，
谷邑临河美号扬。[1]
享誉阿胶海内外，
黑驴繁殖在芦庄。
姜楼美味烧鸡佳，
高集豆腐溢清香。
乌枣不逊茌博平，[2]
四喜鸭子在席上。
黄河鲤鱼原产地，
鱼姑大米救灾荒。

[1] 谷邑：春秋时期东阿镇称为谷邑。
[2] 茌博平：茌平、博平，地名。现都属茌平县。

鸭戏鸟鸣碧连天，
洛神赵牛遥相望。[1]
七步成诗为遗恨，[2]
才思敏捷东阿王。[3]
东阿古今夸不尽，
阁老增辉在故乡。[4]

2019 年 4 月 26 日

---

[1] 洛神赵牛：这里洛神特指东阿洛神湖，赵牛指茌平、东阿交界处的赵牛新河。
[2] 七步成诗：南朝宋刘义庆编纂《世说新语·文学》："文帝尝令东阿王七步中作诗，不成者行大法。应声便为诗曰：'煮豆持作羹，漉菽以为汁。萁在釜下燃，豆在釜中泣。本自同根生，相煎何太急！'帝深有惭色。"
[3] 东阿王：即曹植（192—232），字子建，三国时魏国诗人，为曹操与武宣卞皇后所生第三子。曹植自幼颖慧，年十岁余，便诵读诗、文、辞赋数十万言，出言为论，下笔成章，深得曹操的宠爱。
[4] 阁老：指于慎行（1545—1607），字可远，又字无垢，号谷山，老东阿县人。

贺二孙女入加州大学圣地亚哥分校

天下名庠景正春，[1]
寒门孙女跃龙门。
新枝学富摩肩至，
柳絮才高蹑踵临。[2]
学府巍巍根叶茂，
英才辈辈质淑贞。
爱孙立下鸿鹄志，
骐骥腾飞万象新。

2019 年 4 月 27 日

---

[1] 庠：泛指学校。
[2] 柳絮才高：表示人有卓越的文学才能，多指女子。

庆金婚

一

笑看人生天地间，
金婚早定终身缘。
少年相恋结连理，
皓首相依共缱绻。
翁妪苍颜两鬓染，
夫妻琴瑟一生牵。
相挈相携再起步，
白头厮守到天年。

二

挽手扶肩半世纪，
甘霖沛雨共相牵。
青春耗尽培桃李，
壮志难酬寄子男。
长子编程妙手创，
仲男道义铁肩担。
手足孝老又携幼，
翁妪安康享暮年。

2019 年 5 月 2 日

夏雨抒怀

大雨滂沱，滚落龙山。
甘霖终降，酷暑遁远。
趵突踊跃，黑虎撒欢。
大明漾漾，荷莲田田。
千佛含笑，九点生烟。
五龙腾空，珍珠跃蹿。
历下亭古，人才辈出。
夏日放歌，我爱济南。

2019年7月6日

游大明湖

雨霁风轻熠旭阳,
大明湖畔嗅荷香。
风情万种芙蓉艳,
百态千姿柳叶长。
上岛吟观名士赋,
登舟亲品藕花汤。
长堤湖畔雅诗颂,
霞蔚云蒸盛景扬。

2019年7月8日

消暑

身居玉岭中，
小墅院安宁。
大树能遮雨，
茅屋可避风。
林间闻鸟叫，
槛外起蝉鸣。
旷荡心胸阔，
炎天暑气轻。

2019 年 7 月 15 日

庆生

今日诞辰，好雨相伴。吟诗一首，以作纪念。

风雷滚滚喜临门，
四海龙王送沐霖。
暑气全消清爽至，
寿星老叟抖精神。
拙荆煮面祈长寿，
后嗣添花庆诞辰。
跨越七十七道坎，
枯藤瘦马奉余温。

2019年7月23日（农历六月廿一）

隐居

归来遁世南山中，
锁在幽楼避暑行。
赤日炎炎宾客少，
瓜蔬果菜作为朋。
双飞喜鹊高声唱，
比翼鹣鹣并蒂鸣。[1]
尘事丝毫无困扰，
欹眠梦醒话星空。[2]

2019 年 7 月 25 日

---

[1] 鹣鹣（jiān jiān）：古代传说中的比翼鸟。
[2] 欹眠（qī mián）：斜着身子睡觉。

初秋偶感二首

一

木槿牵牛秋占尽，
尽消暑气抖精神。
丹枫硕果迎秋累，
谁能超越破红尘。

二

秋风瑟瑟气清凉，
远路东行念故乡。
异域无如桑梓好，
归根叶落不忧伤。

2019 年 8 月 15 日

遥寄金石兄赴青途中

朝乘快辇到内黄,
晚抵潼关古战场。
横跨黄河风陵渡,
遥思炎帝战蚩王。[1]
滔滔大水山峡涌,
峭峭崤函古道扬。
赘叟八旬人未老,
天河锁钥饮瑶浆。

2019 年 8 月 31 日

---

[1] 炎帝战蚩王:相传黄帝贤相风后发明指南针在风陵渡战败蚩尤。风陵渡有一座风陵堆,相传是黄帝时代的人物风后的陵墓。

答同窗

白云孤飞，

眠思梦想。

同为守望，

云泥天壤。

同窗祝福，

好友相向。

痴心不改，

殷鉴勿忘。

2019 年 9 月 7 日

贺金石兄凯旋

八旬顽叟西域玩，
周身披满峻河山。
豫陕甘川青晋宁，
半壁邦畿全踏遍。
齐兄气爽身心健，
娇儿尽孝感苍天。
老当益壮重拂尘，
厉兵秣马再登攀。

2019 年 9 月 8 日

中秋怀思

海上升空白玉盘，
皎洁似雪照无眠。
五湖万众瞻天镜，
四海人人品月圆。
玉镜拥怀思旧梦，
清风掠面忆乡关。
蟾宫进献桂花酒，
暂伴婵娟庆盛年。

2019 年 9 月 13 日（农历八月十五）

秋 思

西风残照薄纱轻，
落黄消瘦花凋零。
莫道清秋多湛凉，
余晖灿烂夕阳红。

2019 年 9 月 25 日

庆华诞

身处海外，迎来祖国七十大庆。欣喜之余，赋打油诗一首，以作纪念。

金秋十月逢国庆，
七秩华诞喜相迎。
东海扬波黄河清，
山川浩荡乾坤宁。
巨龙腾飞保中华，
金蛇起舞佑复兴。
祝愿祖国愈昌盛，
万里江山万里红。

2019 年 9 月 30 日

重阳抒怀

露袭枫叶黄,
喜见九重阳。
岁月催人老,
青丝染白霜。
余晖煦暖少,
落日晚霞长。
暮志仍怀国,
黄花分外香。

2019 年 10 月 7 日

为学森夫妇游中国院子、竹子庵而作

喜观学森、秀芝古稀之年登临崂山玉照,羡慕之余心生向往,盼来年能到崂山一游,以步学森伉俪后尘。

其一
绿意葱茏唐岛湾,[1]
中国院子落其间。
飞檐翘角藏含蓄,
大气恢宏隐陕山。
伉俪相携游胜景,
夫妻牵手览新园。
松风竹韵心潮动,
墅苑牧歌写新篇。

---

[1] 唐岛湾:位于青岛西海岸新区(旧称黄岛区),为国家AAA级景区,是休闲、度假、观光的胜地。中国院子建在唐岛湾环湾公园内。

其二

古稀翁妪上崂山，[1]
比翼双飞竹子庵。[2]
道观三清瞻帝祖，[3]
紫竹幽谷见桃源。
山峦郁郁人无老，
碧海漭漭情有缘。
雪鬓霜鬟精气旺，
桑榆暮景映高年。

2019 年 10 月 8 日

---

[1] 崂山：位于山东省青岛市的著名风景区，它是山东半岛的主要山脉，崂山的最高峰名为巨峰。
[2] 竹子庵：又称"玄阳观"，为崂山"九宫八观七十二庵"之一。
[3] 三清观：位于青岛世博园北侧一公里，北涧山上，山清水秀，空气洁净，是度假旅游的好去处。

水调歌头·东阿颂

造访邑阿郡,[1]
判袂二十年。
柯阿如日方升,[2]
旧貌换新天。
飞架银桥河水,
齐鲁名山药王,
古邑在其间。
问讯欲何往,
此地可成仙。

---

[1] 邑阿:东阿的古代称呼。
[2] 柯阿:东阿的古代称呼。

陈思王，[1]
诗七步，
战犹酣。
才高八斗，
声声梵呗震云天。[2]
昔往不堪回首，
今岁光辉灿烂，
天地翻华年。
诸夏日昌盛，
百姓尽欢颜。

2019 年 10 月 11 日

---

[1] 陈思王：即东阿王曹植。

[2] 梵呗：梵，清净、止断、如礼如法之道。呗，歌赞、供养、和雅称叹之德。因三国时魏陈思王曹植在鱼山闻梵制呗而著名。

红叶谷

金风瑟瑟素秋凉,
岫壑山崖染红妆。
冷气袭来千树瘦,
松柏傲立万竹黄。
浮屠鹤立朱彤毯,[1]
画舫群漂碧水央。
景色迷人红叶谷,[2]
重阳把酒话沧桑。

2019 年 10 月 28 日

---

[1] 浮屠:指佛塔。
[2] 红叶谷:位于山东省济南市历城区仲宫街道锦绣川水库南,景区占地4000余亩。红叶谷生态文化旅游区内植物品种繁多,有黄栌、红枫、紫藤等400余种,百万余株,是一处以生态文化为主的近郊风景旅游区。

江城子·秋霜唱晚

又临岁尾朔风凉,染枫红,九花黄。落叶飘飘,草地换金装。异境伴孙孙苦读,回首望,六年荒。

翁妪老迈两清霜,益心坚,更安康。红轮坠坠,桑榆沐霞光。只愿孙儿多壮志,待明朝,上金榜。

2019 年 11 月 16 日

赫夫纳湖 [1]

天水相接一色蓝，
沙鸥穿越彩云间。
白帆点点湖中戏，
银燕排排水上蹿。
湖色朦朦游客醉，
烟波浩渺浪涛翻。
悬空水库三千顷，
卌万俄城供水源。[2]

2019 年 11 月 30 日

---

[1] 赫夫纳湖：美国俄克拉何马州俄克拉何马城西北的一座水库，面积 10 平方公里，主要提供生活用水。水库建成于 1947 年，由北加拿大河和布莱恩县的坎顿水库补给，在西南角通过同一条窄运河与另一座水库奥弗霍尔泽湖相通。
[2] 卌（xì）：四十。

雪抒

昨日天寒飞雪降，
今朝丽日暖心房。
乾坤并不同凉热，
沧海桑田太正常。

2020 年 1 月 10 日

雪悟

天公劲厉寒风紧,
万朵玉龙降黉门。
风咬枯枝暴有声,
雪拂窗牖润无音。
匡衡凿壁成名儒,[1]
孙敬悬梁作秀林。[2]
学子奋发存远志,
三冬过后是新春。

2020 年 1 月 11 日

---

[1] 匡衡凿壁:东晋葛洪《西京杂记》卷二:"匡衡字稚圭,勤学而无烛。邻舍有烛而不逮,衡乃穿壁引其光,以书映光而读之。"

[2] 孙敬悬梁:《汉书》记:"孙敬,字文宝,好学,晨夕不休。及至眠睡疲寝,以绳系头,悬屋梁。"

迎春

月穷岁尽换桃符，
辞旧迎新祷万福。
倒海翻江掀巨浪，
四方交泰众生甦。

2020 年 1 月 15 日

贺孙儿首被美高校录取

　　大年初二,忽闻孙儿被纽约州立大学石溪分校头榜录取,喜极而泣,即兴赋诗一首记之。

灵鹊兆吉梅腊开,
顽孙喜讯早春来。
风吹陋室心潮暖,
雨打寒窗香满怀。
跬步无休至万里,
笔耕不辍登瑶台。
乘风破浪当勤勉,
不负人生展栋才。

2020年1月26日

咏秋荷

荷叶田田不畏寒,
芙蓉出水意缠绵。
莲茎败落心无愧,
玉藕冰清泥不沾。
两袖清风自逸群,
虚怀若谷更超凡。
枯枝败叶送衰容,
只遗清白留世间。

2020 年 2 月 3 日

上元游湖

雾日明湖瑞叶扬，[1]
超然历下白茫茫。[2]
梅花冒雪争春雨，
杨柳迎风斗晚霜。
一卷丹青湖上展，
千家冀望内中藏。
但得杏月能出户，
荡尽瘟神嗅水香。

2020 年 2 月 15 日

---

[1] 明湖：济南大明湖。
[2] 超然：指大明湖畔的超然楼。

冀 望

一城春色满城开,
四喜临门鱼贯来。
天下名庠招骄子,
莘莘学子弃尘埃。
今朝立就鸿鹄志,
明日发挥济世才。
书海无垠多坎坷,
焚膏继晷不徘徊。

2020 年 2 月 25 日

感悟

量腹而食乐俭贫,
涂中曳尾远红尘。[1]
云泥异路别相犟,
所欲随心最是真。

2020 年 2 月 27 日

---

[1] 曳尾：指咏雅逸生活，"涂中曳尾"的字面意思是神龟摇着尾巴在泥水里自由自在地爬行，原意是与其位列卿相，受爵禄、刑罚的管束，不如隐居而安于贫贱。

庆趵突泉开园

趵突泉水泛清波，[1]
孤冷娥英唱挽歌。[2]
肆虐瘟神人影少，
焦灼辛李诗踪绝。[3]
清瘟猎手齐临阵，
新冠狂魔共下野。
洛邑趵流重四溢，[4]
云蒸霞蔚壮山河。

2020 年 3 月 1 日

---

[1] 趵突泉：位于山东省济南市历下区，东临泉城广场，北望五龙潭，面积达158亩，位居济南七十二名泉之冠。乾隆皇帝南巡时因趵突泉水泡茶味醇甘美，曾册封趵突泉为"天下第一泉"。
[2] 娥英：娥皇、女英的并称。相传为帝尧之二女，帝舜之二妃。趵突泉的异名很多，其中娥英水亦指趵突泉。
[3] 辛李：指济南词人辛弃疾、李清照。
[4] 洛邑：济南的古称。趵流：趵突泉的别名。

答谢老同学

草长莺飞春倒寒,
同门万里爱心悬。
携来高祖青霜剑,
不斩毒瘟誓不还。

2020 年 3 月 13 日

夕 阳

红轮西坠鸟归林，
大树怀中最放心。
稳稳安安睡一觉，
来朝展翅再鸣春。

2020 年 4 月 7 日

赞南山牡丹

赤县飘来美洛神，[1]

南山小院又增春。

赵粉倩丽姚黄媲，

魏紫妖娆豆绿新。[2]

月貌斑斓蜂采蜜，

花容璀璨人销魂。

撷来慰问白衣使，

国色天姿更布新。

2020 年 4 月于诺曼

---

[1] 赤县：指华夏、汉地、中国、中土。洛神：在曹植的《洛神赋》中，洛神形象十分美丽，其形翩若惊鸿，婉若游龙，云髻峨峨，皓齿内鲜，这里借指牡丹。

[2] 赵粉、姚黄、魏紫、豆绿：牡丹花不同品种的名称。

记广州暴雨成灾

海龙震怒打翻天,
一夜汽车变渡船。
浩闹街衢成水道,
鸡豚店铺挂房檐。
豕牛泥地淌污水,
锦鲤沿街逛大川。
南粤灾民齐面壁,
辛辛苦苦又一年。

2020 年 5 月 26 日

小院释怀

百无聊赖，侍弄小院菜畦。无限惆怅，虚度时光。闲来无事，写得小诗一首，寄托绵绵乡思。

闰四芒节翌日晨，
黎明即起弄园勤。
黄瓜少嫩流青翠，
油菜澄鲜荡客魂。
忘郁离家无凤翅，
游人背井有归心。
瘟神断送回乡路，
小院陪吾度日阴。

2020 年 6 月 6 日

赞兰花

超凡脱俗,

蕙质兰心。

清香芬芳,

朴实温馨。

仪表高雅,

纯洁无瑕。

心态若兰,

君子风韵。

2020 年 7 月 30 日

处暑寄秋思

暑去清秋至，
风吹叶又黄。
瑶琴弹梓调，
草木泣枯伤。
海角千山远，
天涯万水长。
迢迢途漫漫，
远梦诣家邦。

2020 年 8 月 21 日

答学森弟（一）

九水初相见，
三十六载前。
识君如故友，
倾盖永结缘。
友谊深如海，
胸怀大似天。
冠毒消灭日，
聚首在南山。

2020 年 8 月 23 日

附：学森诗《秋思寄董兄》

暑退秋凉还，
万物竞碧天。
相距十万里，
思念四十年。
布衣相知易，
高山流水难。
何时再相聚，
被酒呈欢颜。

2020 年 8 月 22 日

答学森弟（二）

贤弟慧眼迷，瓦釜变金碗。
浊骨凡胎体，怎敢喻圣贤？
李杜韩柳诗，雅士风度显。
孔孟老庄学，句句精妙言。
风骚起华夏，逸响数千年。
阳春白雪寡，高深艺难攀。
老夫不量力，好高且骛远。
纵有凌云志，江郎才疏浅。
唯望有生年，身体康且健。
愿步五柳君，结庐在南山。
盛邀学森弟，把酒须尽欢。
十斛亦不醉，畅叙肺腑言。

2020 年 8 月 25 日

附：学森五言古诗《思念金城兄》

台风惊魂时,崂山初识君。
玉树临风立,潇洒周公瑾。
长啸阳春雪,声响遏行云。
谈经夺五鹿,说义孟尝君。
立马万言书,俊逸鲍参军。
临危无惧色,迂险不惊心。
白发赴异域,辛苦为儿孙。
星国水土异,体健可舒心?
何时返故里,举杯论古今。
怀旧非所议,老友胜新人。

2020年8月24日

白露感怀

山石苍苍,沉寂荒凉。
身处异国,心在家乡。
疫情阻隔,故土难返。
化作归鸿,飞越大洋。
金风玉露,梦遇故交。
寒士养气,静候春光。
老友新知,遥相守望。
风雨过后,共叙衷肠。

2020 年 9 月 7 日

送孙儿上大学

孙儿收到美国九所大学录取通知书,最后选了自己中意的加州大学戴维斯分校。近日入学,特赋诗一首相送。

娇孙克日赴学堂,
雏鸟离巢我感伤。
沥血呕心十九载,
酸甜苦辣几十筐。
焚膏继晷读书酷,
驽马奋蹄抱负强。
瓷玉之石钢钻试,
出水方显俊儿郎。

2020 年 9 月 21 日

致友人

莫逆之交情义坚，
相隔万里心相连。
陈年老酒益浓郁，
醇厚友谊更乐酣。
病害阻绝桑梓路，
归心荡尽奈何天。
来年春暖花开日，
煮酒青梅在历山。

2020 年 9 月 29 日

清平乐·秋歌

天高气爽,
曳妪强身壮。
奋力拼搏除冠疫,
拘禁鬼魔悠荡。

荡涤朔气阴霾,
横扫美梦黄粱。
明岁返归梓里,
移宴曲水流觞。

2020 年 10 月 1 日

重阳抒怀
—— 答友人

枫叶露袭落,
韶光变耄荒。[1]
青丝熬白发,
人世历沧桑。
海角归途远,
天涯旅路长。
秋节同望月,
两地共重阳。

2020 年 10 月 24 日

---

[1] 耄荒：谓年老昏聩。

祥瑞临

阳春三月,余梦一女婴扑入我怀,遂抱起,视为天亲。今闻小孙女临世,喜从天降,遂作诗一首记之。

年近八旬又馈孙,
欢愉万里未归人。
腮边喜泪纵横淌,
吉梦阳春已变真。
送子观音喷圣水,
仙禽馈送玉麒麟。
心急渴盼飞桑梓,
伴我婴孙最可心。

2020 年 11 月 1 日

新疆赞
—— 观《独库公路游》视频有感

独库疫期行，
游观别洞天。
身临绝佳境，
西域入天圆。
冰川雪岭峻，
戈壁浩海险。
叠嶂雄峰奇，
飞泉瀑布悬。
珍禽异兽多，
牛羊遍莽原。

晴川天路直，
雪山落日圆。
英雄谱锦绣，
天堑无阻拦。
丝带盘山走，
金龙入云端。
峡谷变通途，
峻拔史无前。
我赞新疆好，
壮哉我河山！

2020 年 11 月 11 日

雪 颂

晨烟醉舞梨花落,
冷艳时光岁月柔。
玉絮纷纷滋土地,
寒酥坠坠润神州。
琼花涤荡心灵净,
柳絮飞腾热血舒。
烈士高洁如白雪,
超然正气永存留。

2020 年 12 月 7 日

赞园林框景

方圆菱扇独门开，
远近风光拥入怀。
画框圈出新日月，
吉祥紫气自东来。

2020 年 12 月 19 日

西江月·元旦抒怀

美美星云宇宙,
昭昭日月乾坤。
神州新冠泯行踪,
喜庆春雷阵阵。

四海五洲腾跃,
颛民百姓欢心。
兴国济世举能贤,
天下苍生惬顺。

2021 年 1 月 1 日

无题

穿雪戴银帽，
岁初不畏寒。
壶觞能自品，
豪饮不花钱。

2021年1月2日

小寒偶感

潇潇暮岁雁归行,
喜鹊筑巢雉雊鸣。[1]
必复剥极冬腊尽,
严凝即退气阳升。
灾毒妄诞殃人类,
浩气干云救众生。
岁冷犹显三友贵,
江山社稷只君轻。

2021年1月5日

---

[1] 雉雊(zhì gòu):指雉鸣叫,泛称鸟鸣叫。

迎春

玄冬历尽又春来,
真炁初回灵彩开。[1]
朝去暮归周复始,
月缺月满是常态。
欢歌北燕飞乡井,
寂寞仙姝望月台。
攘攘红尘东逝水,
匆匆来去莫徘徊。

2021 年 1 月 17 日

---

[1] 真炁（qì）：指天地之精气。灵彩：指神佛的霞光。

立春望乡

借立春之际，赋诗寄托对家乡的思念之情。

滚滚春雷震地哀，
北归鸿雁一排排。
蜡梅亲吻桃花雪，
地锦攀缘望鹄台。
但使瘟毒腾雾去，
伏惟白鹤驾云来。
乘风破浪回华夏，
火树银花铁索开。

2021 年 2 月 3 日

春雪

春雷一阵阵，岁首大雪临。
元日复年朝，玉龙漫天滚。
夤夜风怒号，凝雨飘乾坤。
悬空弄舞姿，遍地是白金。
瑞叶兆吉年，正旦喜迎春。

晨起观光景，车库雪封门。
银砂三尺三，街衢无行人。
不见车流喧，通道少车痕。
百家俱静寂，万马皆齐喑。
一片白茫茫，大地太纯真。

乌轮碧空照，琼妃欲断魂。
阳空布火网，玉蕊泪淋淋。
百鸟欢语出，松鼠蹿树林。
滕六欲逞强，毕竟已是春。
丰润广袤地，纳福在黎民。

2021年2月15日（正月初四）

贺济南大学樱花盛开

花闹枝头满树春,
英姿飒爽醉游人。
争奇斗艳催桃李,
似火年华万木新。

2021 年 4 月 13 日

赞南山牡丹

玉龙点翠高洁雅,
雪映桃花异样红。
最是牡丹真艳丽,
莺飞草长愈峥嵘。
雍容富贵千花羡,
朴厚纯洁万木崇。
装点江山无限美,
独领风骚天地中。

2021 年 4 月 25 日

临江仙·悼袁老

陨落巨星天地恸，
　大洋咆哮悲鸣。
披肝沥胆涅槃生。
　杂交田稻在，
　东土晚阳红。

中美国家双院士，
　东风不逊西风。
经邦济世显神通。
　人间无饿馑，
　盖世五洲功。

2021 年 5 月 28 日于诺曼

清平乐·芒种

登楼倚望,
日暮江舟上。
极目四野翻绿浪,
唯见碧波荡漾。

常忆梓里维桑,[1]
芒种农友真忙。
收获满仓幸福,
播下万顷希望。

2021 年 6 月 5 日

---

[1] 维桑:指代故乡。

端午思乡

异域夕阳坠,
神州旭日出。
遥遥天际处,
眺眺彩虹舒。
蒲月榴花开,[1]
蕤宾稻麦熟。[2]
红霞飞志鸟,
载我谒泉突。

2021 年 6 月 14 日

---

[1] 蒲月:指农历五月初,来自民间门窗挂菖蒲的习俗。
[2] 蕤宾:指端午节。

夏至怀想

夏至熏风烈，
骄阳似火蹿。
湖光翻锦绣，
山色起波澜。
四海游龙舞，
八荒万众欢。
梁园难久恋，
异域念河山。

2021 年 6 月 21 日于诺曼

老同门天经谒磁山

挈妻将女谒磁山，[1]
拜诣名山不老泉。
嬴政当年临芝罘，[2]
今朝难觅寿仙丹。

2021 年 7 月 18 日

---

[1] 磁山：古称牟山，位于山东省烟台市芝罘区磁山镇，因为它当年是中国古代牟子国属地中的一座高山峰，因国名而名之山名。传说天上陨星降落此地而成山，陨星含磁铁，磁铁落地成山，故名。

[2] 临芝罘：司马迁《史记·秦始皇本纪》中清晰记录着秦始皇三次巡游山东半岛，而且每次都去登临芝罘岛。理由很简单，为了寻找仙药，以求长生不老。

满江红·八十抒怀

　　荷月二十一，老夫八秩寿辰。抚今追昔，思绪万千。填"满江红"词一首，以作纪念。

　　青发更霜，享尘世、倏忽日暮。躬自问、届八秩寿，壮心依旧。年少胸怀鸿鹄志，半生诲育黉门秀。今耄耋、遥想岁峥嵘，唯相顾。

　　忆昔往，日月蹙。孙辈立，家园固。此生多磨难，凯歌高奏。喜看玄驹超老骥，笑观后嗣拔迂叟。吾退翁、莫冀命长青，欢愉驻。

2021 年 7 月 30 日于加州大学戴维斯分校

"双十"惊魂

昨夜黑风起
电闪雷轰鸣
警报有龙卷
急钻防空洞
继而骤雨至
恶风伴迅霆
忽闻撞击声
车库响叮咚
噼啪声不断
忐忑心不宁
屋顶像擂鼓
远闻似山崩
半辰雨始歇
幸无龙卷风
出门见外面
满地白生生
低头细细看
冰雹一丛丛
屋顶刚换新
难免再翻工

一夜雨终歇
晨起看究竟
开门观后院
遍地绿茸茸
白菜不见影
大葱只剩梗
萝卜成稀泥
难分叶与茎
昨日刚种蒜
白瓣露土埂
香椿枝丫断
枫树已秃顶
败叶房顶铺
枯枝满园庭
玻璃未砸碎
实乃万万幸
都说人胜天
此言难守恒
勿再瞎折腾
逆天道不通

2021年10月11日于诺曼

望海潮·金门大桥

　　三藩西北，金山湾口，横空雾锁蛟龙。橘色大桥，风光旖旎，游人竞睹芳容。沧海见彩虹。臂伸九千呎，天堑亨通。荏苒星霜，越八十载，世称雄。[1]

　　携来祖孙同行。望巍巍桥塔，耸入云中。悬索弄姿，钢桁架拱，鸿绳舞碧空。雄踞傲苍穹。阅尽天下景，鬼斧神工。晴日须臾雾霁，金带更恢宏。

2021年10月16日于诺曼

---

[1] 大桥：指金门大桥，是一座吊桥，桥长1.6公里，由工程师约瑟夫·施特劳斯于1917年设计，以其横跨的金门海峡命名。该桥将美国旧金山市的北端与加州的马林县连接起来，将美国101号公路和加利福尼亚州1号公路连接起来。金门大桥被美国土木工程师协会宣布为现代世界的奇迹之一，这座桥是公认的旧金山标志之一。

念奴娇·一号公路游

大洋万里,看涛无涯际,气吞寰宇。东岸嵚崎一号路,嵌在悬崖绝壁。单孔虹桥,横空跨越,虎踞深峡谷。加州胜境,迷翻多少游侣。[1]

车歇紫色沙滩,举头凝望,心壮舒鹏翼。海浪升腾云卷涌,天下景观奇异。祖孙同游,暑期避暑,足迹寻旖丽。寄情山水,但留清雅豪气。

2021年10月26日

---

[1] 一号路:指加州一号公路,从北至南连接着旧金山与洛杉矶,沿着美国西海岸蜿蜒前进,全长超过1000公里。由于得天独厚的地理位置,它一边是海阔天空惊涛拍岸,风帆点点碧波万顷;一边是陡峭悬崖群峦叠翠,牧草如茵牛马成群,风景美不胜收,被称为世界上最美丽的公路之一。

立冬雪

远隔重洋，闻桑梓立冬暴雪，惊悚转喜，预兆来年降吉，赋小诗一首记之。

飞琼碎玉普天盖，
满地银装岁尾来。
草木稀疏百花谢，
松竹茂密蜡梅开。
经霜历雪寒彻骨，
同舟共济暖通怀。
人生自古多磨难，
踏平坎坷步瑶台。

2021年11月8月于诺曼

游胜境思 [1]

山高林密星光耀,
绝壁断崖难踂攀。
昊昊苍穹新月照,
森森幽谷瀑流悬。
层峦叠嶂出千壑,
万谷虚怀纳百川。
鸿雁骞翮思远翥,[2]
云霄未逾不回还。

2021 年 11 月 26 日

---

[1] 胜境:这里特指优胜美地国家公园,位于加利福尼亚州东部内华达山脉上,是美国西部最美丽、参观人数最多的国家公园之一,与大峡谷国家公园、黄石国家公园齐名。
[2] 骞翮(qiān hé):展翅。翥(zhù):鸟飞。

枫

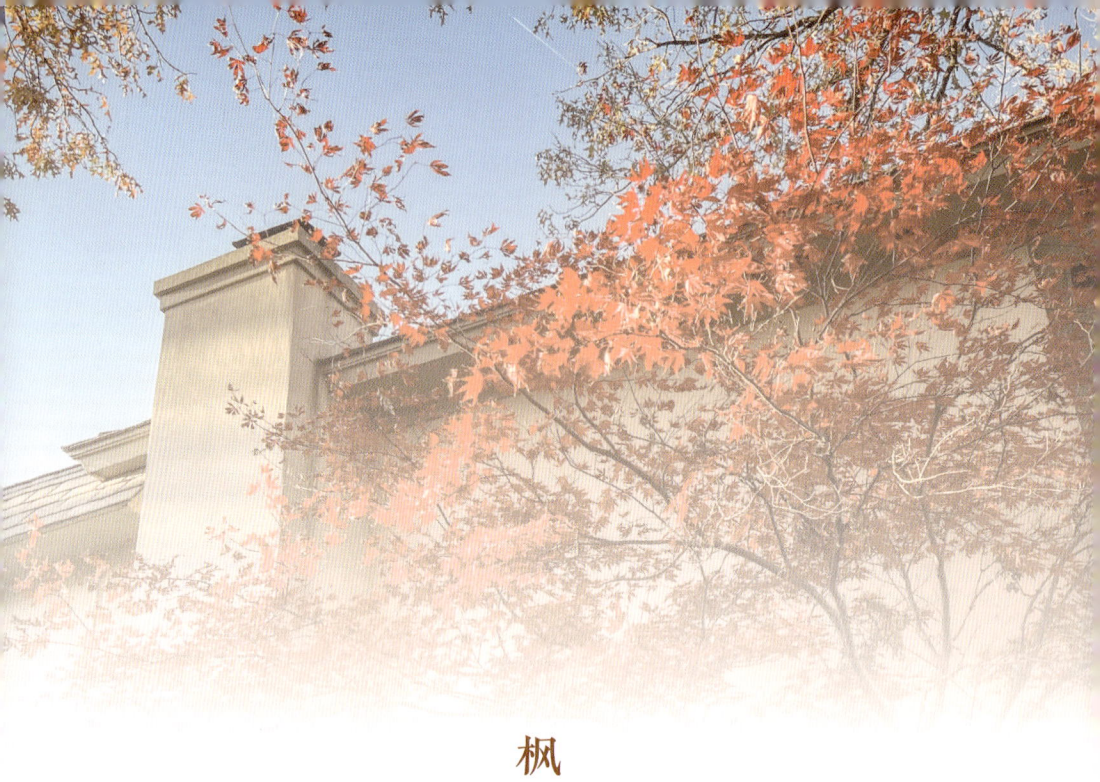

室外一丹枫，
独居小院中。
无拘无束缚，
有妍有名声。
苦雨凄风冷，
高山流水清。
朝曦垂耀日，
万叶紫彤彤。

2021 年 12 月 4 日

冬韵

西天落日彩霞飞，

枫叶经霜胜紫薇。

更喜杨槐无挂碍，

脱胎换骨待春归。

2021 年 12 月 5 日

踏莎行·观红杉国家公园[1]

惠特尼山,加州腹地。有煌煌巨树、世无比。红杉王者,谢将军矗立。回眸看浩瀚无涯际。[2]

万顷杉林,蓊勃苍翠。高山悬崖上、聚豪气。青云刺破,互伴无罅隙。盘古创宇宙间奇迹。

2021 年 12 月 8 日

---

[1] 红杉国家公园:建于1890年,位于美国西部加利福尼亚州西北的太平洋沿岸,南北绵延近600千米,是美国的第三个国家公园。公园中成熟的红杉树树干高大,可达70—120米,树龄800—3000年,是世界上罕见的植物景观。

[2] 谢将军:指谢尔门将军树(General Sherman),世界上体积最大的树,通常也被认为是最大的生物,高83.8米,底部最长直径达11.1米。谢尔门将军树位于红杉国家公园内,属于巨杉(也称为"世界爷"),树龄2300—2700年。谢尔门将军树在2002年曾被测量过体积,为1487立方米。

冬夜

香园桂魄明,
冷夜益清莹。
咽咽东流水,
蛰龙待晓腾。

2022 年 1 月 2 日

贺守道弟杖朝寿诞

雪染云松在险峰，[1]
曾经沧海更峥嵘。
玉清元始天尊定，[2]
君子贤才应运生。
岁历八秩经雨浪，
嘉辰腊日见雄虹。
普天桃李庆华诞，
福佑子孙万世青。

2022 年 1 月 10 日（辛丑年腊月初八）于诺曼

---

[1] 险峰：这里有两层意思：一为实指，即险峻的山峰；二是守道弟的名叫"险峰"。
[2] 玉清元始天尊：即元始天尊，也称元始天王，是道教"三清"尊神之一，在"三清"之中位为最尊。《初学记》卷二三引《太玄真一本际经》解释说："无宗无上，而独能为万物之始，故名元始。运道一切为极尊，而常处二清，出诸天上，故称天尊。"

不其赞
——贺学森弟八秩寿辰

秦皇汉武幸不其，[1]
文墨涵濡草木异。[2]
锦绣山川出俊彦，
学森祭酒入首席。[3]
春风化雨壮禾苗，
日暮余晖照桑榆。
岁在耄耋无见老，
弄潮只待浪涛激。

2022年1月27日（辛丑年腊月廿五）

[1] 不其（fú jī）：不其县。秦始皇帝二十六年（前221），置不其县（青岛市城阳区城阳街道城阳、城子、寺西三村交会处），属琅琊郡。传说秦始皇在公元前219年到琅琊郡（今属黄岛）巡游时到过不其城。汉朝，太始四年（前93）夏四月，汉武帝巡幸琅琊郡时，也曾到过不其县。
[2] 文墨涵濡：文墨指文章，亦指写文章的人，从事文字工作的人。涵濡，意思是滋润、沉浸。
[3] 祭酒：古代一种官职称呼，即博士祭酒，即专指博学多识的人。

点绛唇·雪霁春迎

雪霁春迎,
枯槐峭峭朝天耸。
虬枝万缕,
春意凝芳径。

岁月如歌,
阵阵心潮涌。
寒冬尽,
暗香疏影,
好筑归园梦。

2022 年 2 月 8 日

春望

相缭嵽嵲郁苍苍，[1]
朗月清风泛夜光。
梅朵含霜妃色隐，
黄莺出谷美声扬。
春风海角拂杨柳，
游子天涯恋故邦。
消弭诸邪秋日返，
邀君泺邑品菊香。[2]

2022 年 3 月 2 日

---

[1] 嵽嵲（dié niè）：高峻的山，或形容山势高峻。
[2] 泺邑：济南之古称。最早见于记载的名称为"泺"，系因济南市诸泉汇为泺水，故名。春秋战国时代，济南为齐国之泺邑。

蝶恋花·驻春

　　雪霁云开红日照。送暖东风,春意枝头闹。天际蔚蓝归雁叫,清幽山谷闻啼鸟。

　　静夜常思韶景少。荏苒星霜,岁月催人老。易逝春光天不老,东隅奋翼桑榆好。

2022 年 3 月 20 日

清明祭

乌鸫枝上啼春寒，[1]
风落梨花又冷年。
思念绵长考妣祭，
感怀悠远祖先奠。
寒食绵柳名垂古，[2]
三月纸鸢魂坼天。[3]
莺歌燕舞天龙隐，
福佑子孙万代贤。

2022 年 4 月 5 日

---

[1] 乌鸫：乌鸫是雀形目鸫科鸫属，体长26—28厘米，雄鸟通体黑色，嘴和眼周橙黄色，脚黑褐色；雌鸟通体黑褐色而沾锈色，下体尤著，有不明显的暗色纵横。乌鸫鸟的鸣叫声洪亮悦耳，婉转动听。

[2] 寒食绵柳：寒食，寒食节，用以纪念春秋时期晋国的名臣义士介子推。传说晋文公流亡期间，介子推曾经割股为他充饥。晋文公归国为君侯，分封群臣，独介子推不愿受赏，携老母隐居于绵山。后来晋文公亲自到绵山恭请介子推，介子推不愿为官，躲避山里。晋文公手下放火焚山，本意是想逼介子推露面，结果，介子推抱着母亲被烧死在一棵大柳树下。为了纪念这位忠臣义士，于是晋文公下令，介子推死难之日不生火做饭，要吃冷食，称为寒食节。

[3] 纸鸢：即风筝，发明于东周春秋时期，距今已2000多年。相传墨翟以木头制木鸟，研制三年而成，是人类最早的风筝。后来，鲁班用竹子改进墨翟的风筝材质，直至东汉年间，蔡伦改进造纸术后，坊间才开始以纸做风筝，称为"纸鸢"。

育 雏

玉树庭前匿鸟巢，
雌鸹静卧育雏羔。
风雹电雨浑无惧，
雏凤清声待翌朝。

2022 年 5 月 4 日

贺金石兄寿

兄台仙诞莅凡间，[1]
泰岳长河宴聚欢。
六脉调和八秩健，
龙精虎猛暮光安。
潘江陆海兄相映，[2]
人品若山弟颂传。
祝贺仁兄松鹤寿，
洪福降世百秋贤。

2022 年 5 月 10 日

---

[1] 仙诞：因齐兄与八仙之一的钟离权同一天生日，故称"仙诞"。
[2] 潘江陆海：潘岳、陆机都是晋朝人，陆机的文才如大海，潘岳的文才如长江。比喻学识渊博、才华横溢的人。

种园

开荒后院半分田，

老叟八旬习种园。

撒下颗颗希望籽，

结出段段幸福缘。

房前玉树吐芬芳，

宅后乌鸫唱凯旋。

暮染烟岚强体魄，[1]

黑甜乡里见南山。[2]

2022 年 6 月 12 日于诺曼

---

[1] 烟岚：山里蒸腾起来的雾气。
[2] 黑甜乡：梦乡。

为金南瓜题照

叶如翠盖蔓如瑛,
悬挂金球耀碧空。
粒粒珠玑腹内藏,
心宽体健气如虹。

2022 年 6 月 23 日

游飞地阿拉斯加

飞渡北冥四祖孙，[1]
时值盛暑却逢春。
翠微峭峭纤凝白，
大壑粼粼碧浪新。
凌厉冰川缠玉蟒，
狭长槽谷卧鹏鲲。
饱游饫看奇绝景，[2]
山外有山人外人。

2022 年 7 月 25 日

---

[1] 北冥：意思是传说中阳光照射不到的大海，在世界最北端。这里指阿拉斯加州。
[2] 饱游饫看：充分游历和观览。饫（yù）是古代家庭私宴的名称。

游阿拉斯加有感

鸡鸣时丑只夕阳,[1]

酷暑南天北地凉。

目睹冰川瞻北斗,

耳闻切纳赏极光。[2]

环球冷暖难同步,

天下兴亡不故常。

放眼九天宽肚量,

千川海纳无欲刚。

2022 年 8 月 8 日于诺曼

---

[1] 鸡鸣时丑：时丑即丑时，十二时辰之一，又称鸡鸣、荒鸡，对应现代时间的凌晨1时至凌晨3时。只夕阳：阿拉斯加最大的城市安克雷奇位于北极圈附近，夏季日照时间较长，一天阳光持续时间可达20小时左右，凌晨一两点钟才刚刚日落，故说"只夕阳"。

[2] 切纳：指切纳河。阿拉斯加第二大城市费尔班克斯临近切纳河，费尔班克斯是北美洲最接近北极圈的主要城市之一。每逢冬天来临，众多游客都到费尔班克斯的切纳河边去欣赏五彩缤纷、美轮美奂的北极光。

伤秋

西风乍起入秋凉，
细雨霏霏暑气亡。
月夜更深晨梦短，
蝉声凄切忧思长。
残阳落照余温少，
老马长嘶浩气伤。
万里天涯怀故里，
一樽浊酒醉沧桑。

2022 年 8 月 25 日

中秋

秋蝉阵阵晚风凉,
月映西窗分外强。
一叶丹枫承雨露,
满园桂子溢芬芳。
琼楼玉宇瞻银兔,
海角天涯念故乡。
我欲乘风归里去,
与君共沐玉轮光。

2022 年 9 月 10 日

晴秋

八月踏秋柳岸徘，
清风和畅沁心怀。
湖中泉涌莲花放，
碧水涵空祥瑞来。
浴日补天天地亮，[1]
东曦既驾乾坤开。[2]
拼搏三载瘟神灭，
万里金瓯荡垢埃。

2022 年 9 月 25 日

---

[1] 浴日补天：指羲和给太阳洗澡、女娲炼五色石补天两个神话故事，见《山海经》《列子》，后用以比喻力挽世运、功勋卓著或挽回危局。

[2] 东曦既驾：指太阳已从东方升起，比喻驱散黑暗，光明已见。这里的"曦"指传说中的日神羲和，"驾"则可以理解为驾车或者驾驶的意思。

翠柳

双双翠柳风中立，
倩影婀娜映碧天。
待到寒冬留傲骨，
来年吐绿我居先。

2022 年 9 月 27 日

信步重阳

金风送爽好时光，
老叟携妻信步忙。
又是重阳人易老，
再逢秋暮发满霜。
观山览水年华久，
望远登高岁月长。
筋骨打熬强体魄，
迟阳向晚照安康。

2022年10月4日（重阳节）

登秋
—— 为仲子登北京寿安山观景题照

金秋十月艳阳天，
秋韵西山枫叶染。
俯眺城郭犹蜃景，
心潮腾涌忆华年。

2022 年 10 月 18 日

元夕迎春

烟花夜放上霄云，
彩手抚摸拱北辰。[1]
撼醒嫦娥寒月梦，
眉开喜见又一春。

2023 年 2 月 5 日

---

[1] 拱北辰：典出《论语·为政》："子曰：'为政以德，譬如北辰，居其所，而众星共之。'"北辰，即北极星，它看上去似乎被众星环绕。

卜算子·春望

玄鸟驾云飞，
杨柳含烟笑。
唤醒千花次第开，
今岁春来早。

几度梦还乡，
三载归途邈。
盼到江山疫疠除，
桑梓传捷报。

2023 年 2 月 18 日

还乡

风吹杨柳绿丝长,
百卉含英比异香。
海内病毒初灭迹,
天涯游子好还乡。
山川一梦思天国,
风月十年泊外邦。[1]
日夜兼程心似箭,
金樽清酒诉衷肠。

2023 年 2 月 28 日

---

[1] 山川一梦思天国,风月十年泊外邦:化用宋代诗人邵雍"山川一梦外,风月十年期"的诗句,以"思天国""泊外邦"充分表达身处海外的游子对故乡山水深深的思念。

行香子·春分

　　小院晨清，香雾迷蒙。破云啼，争暖黄莺。墅屋耸立，街巷峥嵘。正燕儿飞，蝶儿舞，鸟儿鸣。

　　乡园福地，把盏临风。邀客饮，酒兴正浓。绵绵细雨，润物无声。看暮山紫，春水绿，海棠红。

2023 年 3 月 23 日

水调歌头（正体）·归乡寄语

暮辞花旗土，朝至我神州。万里飞渡，赤子心共碧天舒。忆往十年陪读，喜怒哀乐相伴，春日享丰收。光阴催人老，怅惘志难酬。

岁月长，一世蹙，天地愁。流年苦短，蹉跎自误染白头。后嗣风华正茂，更藉聪颖智睿，振翅写春秋。寄语后来者，满舵驭方舟。

2023 年 4 月 15 日

收菘

韶光明媚回桑梓,
归隐南山小院中。
爽月芬芳即撒籽,
合冬晴晏好收菘。[1]
汗滴禾下唯民贵,
尸禄素餐只君轻。
叟妪杖朝争奕奕,[2]
暮阳如血映山红。

2023 年 11 月 20 日

---

[1] 合冬：入冬、交冬。晴晏（qíng yàn）：指天晴无云。菘（sōng）：白菜。
[2] 杖朝：指年过八十岁。

岁 雪

前日阳冬梅怒放，
今朝玉蕊普天开。
青松翠翠披白絮，
学子莘莘冒雪来。
琅琅书声三冬暖，
飘飘瑞叶九州白。
岁寒方晓光阴贵，
皓首穷经莫怅惘。

2023 年 12 月 11 日

摊破浣溪沙·又见蓝烟水气凝

  冬月初二,济南又降大雪。看到漫天飘舞的雪花,余心潮澎湃,思绪万千,填词一首,以抒胸臆。

又见蓝烟水气凝,
飘飘洒洒滚玉龙。
银砌松竹梅朵笑,
喜相逢。

隐世无争心易定,
韶华倾覆意难宁。
踏雪飞鸿留爪印,
慰平生。

2023 年 12 月 15 日

三亚行遐思

雪霁燕归越小寒,
祖孙乘兴逛天南。[1]
今朝三亚风光熠,
亘古琼州景象残。
海瑞备棺除腐吏,[2]
子瞻垂暮育荒蛮。[3]

---

[1] 天南:借指海南的天涯海角。

[2] 海瑞备棺:明朝嘉靖四十五年(1566),海瑞备好棺材,上疏骂嘉靖:"嘉靖,家家净。"《海瑞传》记载:"帝得疏,大怒,抵之地,顾左右曰:'趣(cù 促)执之,无使得遁。'宦官黄锦在侧曰:'此人素有痴名。闻其上疏时,自知触忤当死,市一棺,诀妻子,待罪于朝,僮仆亦奔散无留者,是不遁也。'帝默然。"

[3] 子瞻垂暮育荒蛮:苏轼,字子瞻,谥号文忠。他在宋哲宗期间被贬到荒蛮之地的海南儋州,历尽艰辛。苏轼年迈,他在那里办学堂,介学风(研究或学习的风格和方法),为海南的人文昌盛作出很大的贡献。《琼台记事录》中直言:"宋苏文忠公之谪儋耳,讲学明道,教化日兴。琼州人文之盛,实自公启之。"

椰乡跨世轮回度，[1]
南海明珠碧水蓝。

2024年1月8日于海南三亚

---

[1] 轮回度：即度轮回，是借用佛教中关于生死轮回的概念，解除生死轮回的纠缠，达到解脱的境界。

雨霖铃·游蜈支洲岛感怀

  蜈支洲岛，世间仙境，玉带天貌。临海礁石万状，悬崖壁立，白沙清皎。喜览仓颉妈祖，庵堂变神庙。望海滩，龙女多情，咫尺天涯两石恼。[1]

  金瓯处处风景好，顾苍茫、片片金光道。莫叹人生易老，心豁豁、九如天保。不负流年，华彩耆耋，壮美夕照。纵有日，室迩人遥，梦醒开怀笑。

2024 年 1 月 11 日于三亚海棠湾

---

[1] 庵堂变神庙：清光绪年间，崖州知府钟元棣筹资于1893年在岛上修建了一处庵堂，取名为"海上涵三观"，供奉中国汉字的创始人仓颉。后年岁久远，庵堂没有人管理，渔夫不知所供何神，遂推翻雕像，改奉自身的航船守护神妈祖，变为今天的妈祖庙。龙女多情，咫尺天涯两石恼：蜈支洲岛有一个美丽的传说，很久很久以前，有一个年轻人打鱼时因船翻而漂流到岛上，年轻貌美的海龙王的女儿与之相识相恋，后被海龙王发觉，用定身术把两个恋人变成了两块大石头。后来，人们为了纪念这对痴情男女，把这里叫作"情人岛"。

致学森弟

喜读学森弟二十四首节气诗,有感而作。

文墨涵濡书带秀,[1]
康成书院俊才出。[2]
学森祭酒谙农历,
帝喾圣贤节气谋。[3]
妙笔生花书谷变,[4]
文思泉涌绘宏图。
暮阳夕照更瑰丽,
奕奕诗歌云水舒。

2024 年 1 月 20 日

---

[1] 书带:指书带草,这种草的叶子细长坚韧、四季常青,可用以捆书简,在崂山也叫"蓑衣草""知风草""衣带草"。
[2] 康成书院:188 年,东汉大经学家郑玄在青岛崂山北麓创建了闻名遐迩的康成书院,并在这里讲学授徒。
[3] 帝喾圣贤节气谋:帝喾(kù)是五帝之一,姓姬,名俊(或夋),公元前 2275 年出生于高辛(今河南省商丘市睢阳区高辛镇),是黄帝的曾孙。帝喾 15 岁时被颛顼帝选为助手,辅助颛顼治理国家,在颛顼帝死后,帝喾上位,时年 30 岁。帝喾在位期间,科学探索天象、物候变化规律,根据四时节令,确立了最初的二十四节气。
[4] 谷变:陵谷变迁,比喻巨大的变化。

眼儿媚·冬素寒风又袭窗

冬素寒风又袭窗,[1]
　塞内雪茫茫。
　琼瑶匝地,
　斑竹滴泪,
　一片凄凉。

丰年稔岁魁杓转,[2]
　别苑溢梅香。[3]
　远山如黛,
　东方既白,
　霁月风光。

2024 年 1 月 31 日

---

[1] 冬素:指冬季。
[2] 魁杓(biāo):北斗星七星中首尾两星的合称。
[3] 别苑:形容那些远离喧嚣,过着宁静生活的人,如退休后的老人,隐居山林的文人,或者是在远离繁忙都市的度假胜地居住的人。

大年夜

礼炮声声辞岁杪，[1]
通宵灯火照无眠。
家家户户年红挂，[2]
业业行行喜讯传。
白首称心康泰体，
垂髫如意压岁钱。
开怀畅饮天伦享，
把酒高歌庆世安。

2024年2月9日子夜

---

[1] 岁杪：年底。
[2] 年红：指过年时贴的一些以红色为主的具有喜庆色彩的装饰，包括春联、年画、福字、窗花等。

早春

日熏月朗青阳至，[1]
五岳三山染绿装。
烟雨青丝千草秀，
风娇日暖百花香。
竹萌破土苍灵降，[2]
布谷啼鸣农事忙。
万物复苏天地阔，
东风已度我家邦。

2024 年 2 月 22 日

---

[1] 青阳：指春天。
[2] 竹萌：竹笋。苍灵：指青帝，我国古代神话中的五天帝之一，是位于东方的司春之神。

元夕

元夕观火树,
赤县夜无阑。
四海同明月,
五洲共揽天。
花灯延白昼,
龙舞震河山。
千里相思寄,
今宵共梦圆。

2024 年 2 月 25 日

望春玉兰

淡紫玉兰娇艳开，
雪涛云海蜂蝶来。
报春信使斗婵娟，
美若天仙不忍摘。

2024年3月10日

赞鹭岛市花

火爆九重葛,[1]

满城斗艳开。

红花颔首笑,

宾客摩肩来。

行道增奇容,

绮园添异彩。

神州鹭岛秀,

仙境接蓬莱。

2024年3月28日

---

[1] 九重葛：三角梅的别称。

念奴娇·游日光岩

舣舟鼓浪,

兴攀山岩仔,[1]

千级踏道。

闽海雄风石壁立,

鼓浪洞天高吊。

九夏生寒,

古避暑洞,[2]

崖刻寰岩耀。

莲花庵寺,[3]

沐金辉丽光照。

---

[1] 山岩仔:即岩仔山,日光岩的别称。

[2] 闽海雄风、古浪洞天、九夏生寒、古避暑洞:都是镌刻在日光岩巨石壁上的套红大字,为摩崖石刻。

[3] 莲花庵寺:登日光岩的必经之路。寺庙古朴典雅,绿瓦红柱,有典型的闽南特色。朝阳升起后莲花庵寺最先沐浴在阳光里,因此又名"日光寺"。

碧落云淡风轻，
　　红情绿意，
　　鹭岛风光好。
　　绝顶巨石威赫赫，
　　环视厦门全貌。
　　游览观光，
　　吟诗揽胜，
　　恣意冲天笑。
　　流连忘返，
　　离情别绪萦绕。

2024年3月31日

漓江游

清明八桂涉漓江，[1]
仙舸悠游观景忙。
奇峰耸秀壁如削，
桂水萦回带似缰。
清淼风山鬼斧工，
洞奇石美万佛藏。
轮行碧浪心潮涌，
百里画廊草木香。

2024年4月3日

---

[1] 八桂：代指广西。

阳朔如意峰景区行

清晨坐缆车,
天路登仙行。
钢缆碧空悬,
翠微脚下腾。
拨云驱雾散,
转眼入高峰。
天地豁然阔,
群山叠翠重。
云顶观景台,
远近各不同。

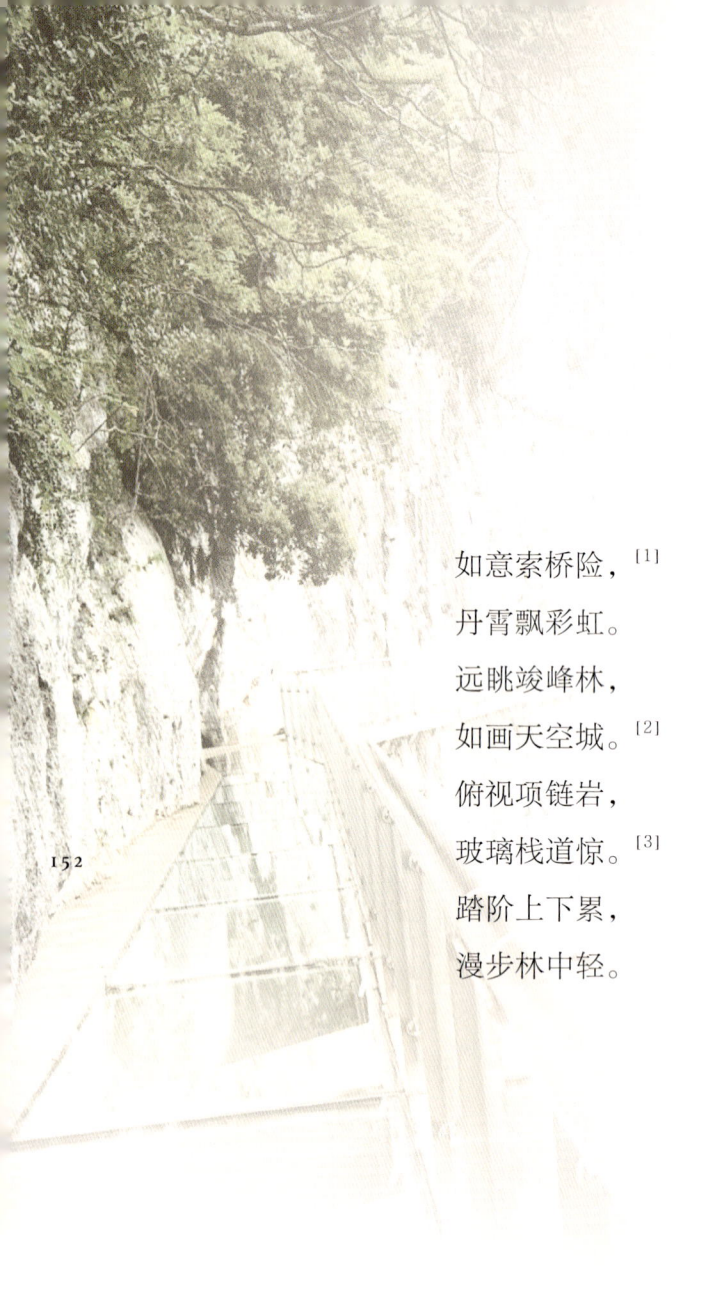

如意索桥险,[1]
丹霄飘彩虹。
远眺竣峰林,
如画天空城。[2]
俯视项链岩,
玻璃栈道惊。[3]
踏阶上下累,
漫步林中轻。

[1] 如意索桥:连接元宝山栈道和如意峰游道的悬空桥,索桥由无塔底索钢结构组成,桥长142.4米,桥面宽2米,桥面最低处距谷底58米,是阳朔如意峰索道景区游览环线通道。
[2] 天空城:指在阳朔如意峰创建的一座空中花园,被称之为"天空之城"。
[3] 玻璃栈道:位于项链峰岩壁东侧,沿山壁悬空而建,长138米,宽1.8米,由68块双层钢化夹胶玻璃铺成,是景区观光点之一。

高空瞰碧莲，[1]
一览桂林琼。

2024年4月5日

---

[1] 碧莲：清代诗人刘文硕诗曰："桂林山水世争夸，阳朔奇峰又一家。我坐扁舟随意看，果然千朵碧莲花。"

后记

退休以后，我本想陪陪孙儿，养尊处优地望人间美景，赏云卷云舒。然则，自2018年1月入大学同学微信群以后，毕业55年极少见面的老同学们竟在群中翻江倒海起来。我们在群里天天见面，天天聊天，以至不时相互唱和，发起"老年狂"来。及至后来，我们渐渐写些现代诗、古体诗、近体诗、仿宋词之类，时间一久，居然集腋成裘了。

我从事语文教学35年，当了半辈子书贩子，却从未染指诗词写作，更无诗文发表。在微信群里，我逐渐产生了写诗填词的兴趣，却又感到文辞粗浅，力不从心。于是，我从头做起，一边学习诗词的相关写作知识和要求，一边写作。慢慢地，诗词写作变成了我选修的功课。

但是，毕竟非科班出身，我写的诗词无论是在押韵、格律、平仄、对仗等章法，还是在立意、用典、遣词、比兴等表现手法上，都是捉襟见肘，左支右绌。我之所以鼓起勇气出版这本小书，是想以残年余力自娱自乐，更愿借此见教于大方之家。

我要感谢大学的老同学们，是他们引导鼓励我不断写作。感谢齐金石、盛险峰同学，感谢李秀芝同学以及她的先生王学森校长，他们与我互相唱和，互相鼓励，互相切磋；感谢群主白寿珍同学和孟祥坤学兄，他们给予了我许多精神上的鼓励和关怀。如果没有他们，我是写不出这么多的诗词来的。

我这本书穿插了齐金石、盛险峰老同学及王学森老朋友的几首经典和诗，缀玉联珠，增色不少。在此我向他们表示由衷的感谢。

我的老同学、山东社科院研究员鲁仁，对拙作反复审阅、修改，对出版事宜提出许多宝贵意见并倾情作序，同时为小书赐名。济南大学原文学院院长崔海正教授，对我的诗词提出了不少宝贵的指导意见。没有他们的鼓励和支持，拙稿也是很难问世的。在此特向鲁仁研究员及崔海正教授表示衷心的谢忱。

这本诗集的出版，得益于文化艺术出版社的大力支持，副总编辑程晓红女士、编辑室主任柏英女士以及负责校对、设计的同志对本书倾注了大量心血，其敬业精神感人至深。在此，我向有关同志特别是柏英主任表示敬意和诚挚的感谢！

由于作者水平所限，书中错谬在所难免，还请各位方家及读者批评指正。

借用杜甫诗句"落日心犹壮，秋风病欲苏。古来存老马，不必取长途"以表心志，是为后记。

2024年春于济南大学